金占明

——著

怒放的红菊

黄河出版传媒集团
宁夏人民出版社

图书在版编目（CIP）数据

怒放的红菊/金占明著. —— 银川：宁夏人民出版
社，2025.3. —— ISBN 978-7-227-08088-6

Ⅰ. I227

中国国家版本馆CIP数据核字第2025GV7710号

怒放的红菊　　　　　　　　　　　　　金占明　著

责任编辑　杨敏媛
责任校对　陈　晶
封面设计　王敬忠
责任印制　侯　俊

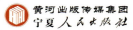
黄河出版传媒集团
宁夏人民出版社　出版发行

出　版　人　薛文斌
地　　　址　宁夏银川市北京东路 139 号出版大厦（750001）
网　　　址　http://www.yrpubm.com
网上书店　http://www.hh-book.com
电子信箱　nxrmcbs@126.com
邮购电话　0951-5052106
经　　　销　全国新华书店
印刷装订　宁夏银报智能印刷科技有限公司
印刷委托书号　（宁）0031860

开本　889 mm×1194 mm　1/32
印张　9
字数　150 千字
版次　2025 年 3 月第 1 版
印次　2025 年 3 月第 1 次印刷
书号　ISBN 978-7-227-08088-6
定价　48.00 元

代序

我的后半生
愿做文字的囚徒

　　在第六本个人诗集《怒放的红菊》付梓之际，我仍然感到由衷的喜悦，毕竟她是自己心血的结晶，正像母亲喜欢自己的孩子一样，不需要什么理由。尽管我知道自己的很多诗歌还有这样和那样的不足，但毕竟她真实地记录了我的所思所想，也是我灵魂深处的袒露。对我来说，创作过程中的喜和乐、生活中的愁与苦可以通过诗歌反映出来，就是我生命的一部分。毫无疑问，尽管表现的形式千差万别，每个人却都有对成功和幸福的期盼和追求。对我来说，诗歌就是在我平淡无奇的生涯上重生的一条漂亮的尾巴，是我灵魂的寄托和归宿。

如果问我诗歌创作的动力和源泉是什么，显然既不是金钱，也不是加官晋爵，除了有一点扬名的潜意识，恐怕就是内心的冲动和一点多愁善感的情调。社会上的风吹草动和国际上的风云变幻时时触动我内心深处的柔软和敏感，加沙地带遭轰炸后血肉模糊的躯体和叙利亚难民营里孩子们无助的眼神深深刺痛着我，而政客们的冷漠和钩心斗角也让我感到厌恶。同样，华为公司的"垫子"精神和"傻子"作风以及很多普通人的善良和奉献深深感动着我。作为一个诗人，我不可能完全置身事外，装作若无其事，在花花草草和男欢女爱中消磨人生宝贵的时光。

诗歌创作给我带来的最大变化就是我对周围的变化更加敏感，过去一些熟视无睹的事物和现象都会引起我的关注，进而引发我的思索。也会去努力发现不同事物之间的关联，神话和科学、宗教和迷信、人类和植物不再是完全不相关的东西；文学和理工、严谨与浪漫可以在融合的过程中相得益彰。诗歌创作给我带来的轻松和愉悦真是难以尽述。

当然，我也不得不面对更多的挑战。创作过程中困扰自己的一个突出问题是主题先行还是抓住灵光一现，就我个人的创作体验来说，后者可能居多一些，而且在这种情况下，写得更为顺手，一首诗往往一气呵成，而其中一些句子也更为独到和感人，但由于没有精雕细刻的过程，有的诗可能不够厚重，逻辑上也不够缜密。主题先行的诗歌往往涉及一些重要的题材或者重大历史事件，写起来比较困难，需要字斟句酌，还要查证重要的历史事实和数据，优点就是经得起推敲，内涵深邃；缺点是不够个性化。其实，不同题材的诗歌需要也应该具有不同的风格和表现手法。黄永玉先生说过：艺术只有好坏之分，没有新旧之分。同样，诗歌只有好坏之分，没有风格和表现手法之分。关键在于诗人能否用活泼和令人信服的文字触动读者的灵魂，从而引起共鸣。正像一个作品的优劣不是由它的长短决定一样，我们也不能仅凭计划性创作还是直觉性创作作为诗歌优劣的判断标准。事实上，计划性创作主题的确定往往也是灵光一现的产物，而直觉性创作过程中也会孵化出计划性，并可能形成新的主题。

保持童心和童趣是自己面临的又一个重要挑战。毕竟今天的象牙塔不同往昔，自己在泥沙俱下的市场经济的大潮中也很难独善其身。几十年职业生涯的风风雨雨提供丰富创作素材的同时也让自己或多或少失去了童真和情趣。在创作某些题材的诗歌过程中掺杂了一些世俗的情感和要素，让年轻的读者有少许的失望，原来情感的世界也不都是鲜花和美味的冰淇淋，还有暗礁和险滩。但无论如何，自己主观上愿意继续努力保持一颗童心，以纯真的视角观察世界，通过丰富的想象和简洁生动的语言来揭示现实世界的荒谬，从而创作出具有深刻社会意义和娱乐性的诗歌。

简洁就是美一直是我生活和创作的信条。在诗歌创作过程中，我一直希望用普通而简洁的句子来揭示重要的哲理，这样做的理由也很简单，就是那些广为流传和脍炙人口的好诗都有这个特点，从唐诗宋词到现代的自由诗莫不如此。当然，自己不太熟悉古文和生僻难懂的汉字可能是另一个重要的原因。

　　少年时代的梦想之一是成为诗人，现在的主要精力亦是诗歌创作，好多朋友安慰和鼓励我，说我是被时代耽误了的诗人。其实，我并不后悔以前的那些职业经历，尽管它们不是我主动的选择。理工科的学习和工作打下了良好的基础，让我比较理性地观察真实的世界，战略管理帮助我打牢了经济的底座，诗歌则是老年岁月精神的寄托。

　　因为当下诗坛也是乱象丛生，许多诗人羞于承认自己是诗人，而我并不讳言自己想成为一个诗人。余秀华说一旦把自己界定为诗人，就会成为文字的囚徒，我并不以为然。做过认知的囚徒，教育的囚徒，婚姻的囚徒，不在乎再做一次文字的囚徒，心甘情愿的囚徒。

　　我经常为自己一两句满意的诗句心花怒放，乐在其中。有时，诗中的呐喊和悲愤竟然也烟消云散，这是诗歌带给我的神奇。

　　此刻，窗外的北风吹过原野，万木凋零，花草枯萎，而这正是蜡梅争奇斗艳的季节。

2025年2月于清华园

第三辑　怒放的红菊

第四辑　我听到了灵魂断裂的声音

第五辑　奇怪的逻辑

第六辑　红颜

第一辑

诗的膜拜

诗的膜拜

如果说

文化是一个多姿多彩的花园

无疑

诗歌就是最迷人的花朵

如果说

生活是浩瀚无垠的星空

无疑

文学就是耀眼的银河

如果说

银河里星光闪烁

无疑

诗歌就是最亮的一颗

《诗经》

集600年诗歌之大成

赋、比、兴的表现手法

风、雅、颂的雕琢

屈原，我国第一位伟大诗人

汨罗江以身殉国

留下了不朽诗篇

《离骚》《九章》和《九歌》

诗仙李白

飘逸洒脱

名垂千古

留下伟大的浪漫主义诗作

诗圣杜甫

惜民忧国

写尽人间疾苦

慷慨悲歌

白居易，号香山居士

平易近人

倾听百姓声音

其心灼灼

王之涣，字季淩

鹳雀楼上

大书黄河入海

气势磅礴

王维

别称诗佛

诗作禅意十足

传达出对生命、宇宙和人类存在的深刻思索

陈子昂登幽州台

留下千年感慨

"前不见古人，

后不见来者"

李商隐博采众长

向心灵深处开掘

构建朦胧的意象

写尽缠绵中的迷茫和蹉跎

苏轼，东坡居士

旷达不羁

诗词歌赋无出其右者

豪放与婉约并蒂开放的风格

陆游，爱国诗人

把浪漫主义和现实主义巧妙融合

千年传颂的钗头凤

梦中的铁马冰河

辛弃疾，词中之龙
融爱国情怀与战斗精神为一炉
侠骨柔情
气吞山河

李清照，易安居士
婉约派的代表
绿肥红瘦
不幸的陨落

杨万里，字廷秀
诗作清新自然、幽默活泼
"小荷才露尖尖角"
自号诚斋野客

毛泽东
伟人的气魄
一首《沁园春·雪》
"狂飙为我从天落"

徐志摩，笔名诗哲
新月派的代表人物
《再别康桥》
俘获了多少云朵

林徽因，民国第一才女
她的智慧在国徽上闪烁
人间四月天
让读书人费尽了琢磨

闻一多
高擎红烛
唱响《七子之歌》
爱他的人民和祖国

戴望舒
笔下寂寥的雨巷
丁香般的姑娘
重复和巧妙的衬托

艾青
集思想深邃
和天真童趣于一身
他的眼里常含泪水
爱着的土地不会干涸

臧克家
爱憎分明
《有的人》长存

他用骨灰陪伴陪伴他成长的老哥哥

余光中
艺术上的多栖主义者
一首《乡愁》
牵动两岸同胞无数人的心魄

北岛
爱的深沉和辽阔
讴歌了高尚
痛斥了龌龊

舒婷
致橡树
温柔如水，痴情如火
感人肺腑
祖国啊，我亲爱的祖国

外国诗坛
同样灿若星河
群英荟萃
诞生多位诺贝尔文学奖获得者

莎士比亚

不拘一格

戏剧与诗交织

十四行写尽人生的悲欢离合

普希金

俄国的诗魂

呐喊民族之声

落日长河

泰戈尔

充满东方智慧

飞鸟集

跨越时空的杰作

约翰·济慈

浪漫多情

生命短暂

却留下永恒的夜莺之歌

华兹华斯

讴歌自然之美

狄金森深居简出

诗思独特

雪莱

诗人中的诗人

拜伦

揭示了糖衣下的人性之恶

……

诗歌是水

也是火

让人清醒

也让人着魔

缪斯的精神

薪火相传

诗歌的生命

永远鲜活

2024-07-14

北京颂

北京

古老的城墙上

刻着三千年的风霜

也记录着八百年的辉煌

在历史的长河中

闪耀着华夏文明的光芒

斑驳陆离

也沉积着民族的痛苦和忧伤

周口店考古发现

70万年前北京人就挺起了脊梁

石花洞国家地质公园

首都的历史之窗

香山红叶

寄托着无数游人的遐想

延庆的龙庆峡

与桂林山水媲美的风光

长城雄伟

讴歌中华民族的韧性和坚强

颐和园秀美

奏出自然与人文和谐的交响

十三陵标志着封建王朝的没落

却也是古代建筑的华章

故宫博物院把厚重的历史与数字化融合

相得益彰

天安门广场

五星红旗升起的地方

新中国诞生

中国人挺起了胸膛

紫禁城的红墙外

多少人流连徜徉

帝王和后妃的故事

演绎钩心斗角和儿女情长

天坛的回音壁

祈福的地方

生生世世

余音悠长

胡同里的石板路

岁月痕迹的长廊

四合院的青砖灰瓦

见证了几代人的欢笑与沧桑

现代的高楼大厦

富丽堂皇

与科技相拥

智慧城市的榜样

京杭大运河

贯通古今和南北的桥梁

两大航空枢纽

连通世界的四面八方

奥林匹克的旗帜

高高飘扬

它的精神

更快、更高、更强

圣火在这里点燃

照亮了每一个街道与村庄

在这片古老与现代交织的土地上

每一寸土地都在诉说和歌唱

首都北京

中国人的向往

正在传统与创新的碰撞中

积蓄前行和不断超越的力量

在你的怀抱中

我感受温暖和阳光

洞察先机

点燃了希望

登高望远

东方一片明丽的曙光

2024-07-06

古城墙上

当太阳从东方升起

我站在城楼上

一缕缕霞光

撒在古老的城墙上

像海滩上的涟漪

随着微风在轻轻地荡漾

渐渐地

四周开始变亮

在清晨的光线中

城墙的轮廓格外清晰

厚重的青石砖

尽显古城的历史和沧桑

四座主城门

像全身披甲的将军

在霞光的映照下

威武雄壮

城门之外的瓮城和箭楼

高耸挺拔

护城河的水面上薄雾缭绕

反射出粼粼波光

从城墙上远眺

迷人的景象

现代化的高楼大厦鳞次栉比

与古老的城墙形成鲜明对照

古朴与现代

相得益彰

城墙根下的街道

一片繁忙

叫卖声不绝于耳

老字号的小吃和泡馍

满街飘香

晨练的市民

穿着丝绸制成的唐装

打拳的，唱歌的

有模有样

站在古城墙上

让人遐想

西安

这座十三朝古都

既是古丝绸之路的起点

也留下大唐盛世的荣光

历史的厚重与沧桑

现代的活力与张扬

在这里交会

新征程上又一次起航

2024-07-28

归国前夕

归国前夕
凌乱的思绪
半年的驻留期限
与女儿含泪的分离
朝夕相处的日子
外孙的可爱和顽皮

还有宾大的红墙绿瓦
斯库基尔河畔的涟漪
独立宫的自由钟
费城艺术博物馆的诗情画意
这一切
将留下长久的记忆

可我也想尽早归去
说我的母语
那里长城巍峨
清华园花开四季
有翘首以盼的同学
还有无话不谈的朋友和知己

留也分离

去也分离

归去来兮

归去来兮

2024-06-26

月 光

还是五月

还是微风轻佛的傍晚

湖面上

渔帆点点

不见了当年湖中的鸳鸯

多了些野鸭子

顾影自怜

多了一些惆怅

白堤瘦影

断桥还在

月光

却不是当年的月光

2024-05-05

费城的雪花

飘飘洒洒

费城又飘起了雪花

像飞起来的棉絮

又白又大

猛然想起

燕山雪花大如席的佳话

遗憾的是

我没法比较它们的小与大

也不关心

哪里的雪花白璧无瑕

只是知道

哪里的雪花

才是自己的牵挂

2024-02-13

月亮还是那个月亮
月光却不是原来的月光

我缓慢地沿着河岸散步

游人三三两两地聚在一起

一个月前盛开的樱花

不见了踪迹

情侣们勾肩搭背

谈天说地

让我这样孤独的访客

更加孤寂

举目望去

月亮正在远处的天际线上缓缓升起

斯库吉尔河

泛起了一层灰蒙蒙的光

勾起了我的思念

添了惆怅

我在大洋彼岸

你在故乡

月亮还是那个月亮

月光却不是原来的月光

2024-05-18

这一小片天空为什么群星璀璨

——普林斯顿高等研究院院落一瞥

这里

群星璀璨

哥德尔

冯·诺伊曼

奥本海默

爱因斯坦

杨振宁、李政道、丘成桐等33位诺奖得主

成就斐然

欲知全豹

先窥一斑

因为这里宁静

所以致远

因为这里视野开阔

所以无限

因为这里思想交锋

所以前瞻

2024-05-21

外滩的灯光

外滩的灯光

五彩斑斓

红色的耀眼

黄色的灿烂

青色的含蓄

紫色的鲜艳

还有翡翠的绿

宝石的蓝

远远望去

像挂在仙女脖子上的一串项链

倒映在黄浦江上

星光点点

东方明珠电视塔则脉脉含情

依偎在她的臂弯

……

外滩的灯光

从来没有像今天这样晶莹剔透

这么迷人和璀璨

芦苇深处

留下的暗淡

只是灯光

偶尔的遗憾

2023-11-24

让心情化作一首诗

雨过天晴

郊野公园的蓝天下

几朵白云悠然地飘来飘去

湖面波光粼粼

几只野鸭在其上游曳

一对鸳鸯在水面上嬉戏

岸边青草如茵

晚风从面颊上轻轻拂过

送来淡淡的香气

此刻

我多想化作一只鸟

一棵草

或一滴雨

没有欲望

也没有烦恼

在天地间自由呼吸

……

可是

只能让这份心情

化作一首诗

在每个黎明和黄昏

提醒我

生命的美好与希冀

2024-07-31

费城的云

费城的白云

低得触手可及

在天空中飘来飘去

看上去像一朵朵白莲

开在水面上

时而快速流动

时而静止

一副悠闲自得的样子

……

不知怎么

突然想到

这多像远离祖国的游子

不管怎么绚烂

终归没有根

只能随风飘动

2024-04-05

感慨

没有离别

就没有思念

没有雾霾

就不会珍惜蓝天

没有紧张忙碌

就没有休闲

荷塘边留个照

莲桥就是我心中的康桥

2024-07-17

无名花

楼下街道上

盛开一种花

我不知道它的名字

姑且叫它无名花

茎粗壮

叶肥大

可开的花

蔫蔫巴巴

都说绿叶配红花

它却别一种风雅

牺牲自己

让渡了风华

与众不同

让我记住了它

2024-05-03

傍晚

像往常一样

我向郊野公园走去

晚风送来初秋的微凉

让人感到爽爽的

老人三三两两地在园中漫步

小朋友们在树丛里捉迷藏

秋蝉不紧不慢地叫着

几只野鸭则在水中慢慢地游荡

走在湖岸上

眼前突然一片霞光

天边的云霞

竟然那么漂亮

住宅楼的绛红色墙壁

挂上了一层霓裳

我放慢脚步

尽情享受一天中最温柔的时光

2023-09-19

康桥

初识康桥
是在徐志摩的诗里
金柳
青荇
榆荫
和长篙
曾经是长久的记忆

及至我去了剑桥
许是匆忙和粗心的缘故
我并没有看到青荇和长篙
也分不清哪一座是他笔下的康桥
倒是多了一份记忆
那里还有一座叹息桥
也许
我的心中
有自己的康桥
它并不在剑桥

2023-10-19

梦

孩提时代
成为诗人是自己的理想

而今
又多了一个梦
拿一次鲁迅文学奖

即使困难重重
前路漫漫
我也不再彷徨

有梦
就有实现的可能
从此我的世界不再苍凉

2023-11-21

驿动的心

有时你在历史的陈迹中

有时你在科学的幻想里

有时你在高耸的庙堂上

有时你在烟花柳巷里

纵然大千世界光怪陆离

你是我心中永恒的少女

没有对你的追求和向往

生命将会失去意义

纵然我已花甲的年纪

纵然你高傲无比

我这颗驿动的心

也不会停息

追逐你

靠近你

纵然再添几多白发

我仍然乐此不疲

2024-05-18

灵魂的漫游

晨曦的微光中
我的灵魂悄然苏醒
穿越时空的帷幕
奔向美妙的梦境

无垠的天空
我踏上心灵的旅程
星光闪烁
照着我远行

山川河流
向我招手致意
每一片叶子
都在昭示生命

月光洒下银色的薄纱
我们在沙滩上相逢
彼此心灵交会
万籁无声

无垠的星空下

我不再孤单

在自由中飞舞

像风中的羽毛一样轻盈

我们在诗意的世界里追寻

永恒的爱情和安宁

在灵魂的漫游中

彼此倾听

2024-07-06

教授的恐惧

知识的海洋中
我曾是灯塔
照亮无数求知者的航程
如今，AI如潮水般涌来
我第一次感到无奈

我曾以为
智慧是人类的专属
经验是岁月的青睐
可现在
在瞬间解答学生疑惑的
竟然是冰冷冷的AI

我努力追赶
挑灯夜读
课堂上激情澎湃
可同学们冷冷的笑声告诉我
那无形的对手
先我一步
在屏幕前

用冷静的声音
轻轻地将我击败

我恐惧AI
也恐惧我们这个时代
不远的将来
教育行业迎来大洗牌
自己被遗忘在时间的洪流中
成为历史长河中一粒尘埃

然而，也许
我可以用爱心和温情
为学子送去人文的关怀
回应机器的挑战
填补科技时代人性的空白

2024-07-05

绝望的诗人

在无尽的夜色中
我独自徘徊
胸中的墨水
早已干涸

每一个方块字
都像是沉重的石块
堵住我的胸口
压在我的心窝

AI，人工的灵魂
轻而易举
秒出长长的诗章
让我的词句不再鲜活

我曾以为
诗歌是心灵的呐喊
是灵魂的舞蹈
传递的情感是无法替代的独特

但如今

时过境迁

我感到无尽的绝望

我的诗句

在你的光辉下黯然失色

在这黑暗中

谁能告诉我

能否寻找到一丝光亮

给我的灵魂一个寄托

2024-07-05

第二辑

雨潇潇地下

雨潇潇地下

雨
潇潇地下
我想起了她
海滨餐桌上我的一句戏语
羞红了她的脸颊

雨
潇潇地下
我想起了她
白山黑水
我们共同的家

雨
潇潇地下
我想起了她
温文尔雅
掩不住骨子里的泼辣

雨
潇潇地下

我想起了她

眉目传情

华尔兹舞步的优雅

雨

潇潇地下

我想起了她

香江观涛

花城的云霞

雨

潇潇地下

我想起了她

筑城的相逢

花前月下

雨

潇潇地下

我想起了她

燕赵女儿

白璧微瑕

雨

潇潇地下

我想起了她

餐桌上的际遇

正茂的芳华

2023-09-09

我和你

——致清华经济管理学院

偶然

我和你相遇

那时

你蹒跚学步

牙牙学语

谈起你

别人都有点瞧不起

而今

你长成参天大树

顶天立地

我却要从你的身边隐去

四十年

筚路蓝缕

我和你

一起经历了春风和秋雨

也一道

分享了鲜花和荣誉

你前进的征途上

有我留下的足迹

你的痛苦思索中

也有我洒下的泪滴

无论喝下的是苦水

还是甘饴

冷暖自知

都是在你的怀抱里

2021-06-24（初稿）

2024-04-25（修改）

老街口

——读马文秀的长诗《老街口》

也许有一天
塔加村
这一古老的藏庄
会像当年阿米仁青加一样
消失在世界上

也许有一天
随着塔加村的消失
那些老物件也被人们遗忘
吐蕃遗韵
仅仅是一种短命的绝唱

也许有一天
那座微型城堡
清澈的山泉
布达拉式的建筑
以及岩鸽、高原兔和兀鹫都会消亡

也许有一天

诗人和我们一样

不能骑着骏马

站立在朵洞卡神山上

只能在千里之外

寂静的庭院里徜徉

我却坚信

多年以后

《老街口》的墨香

会随着青藏高原的山风

飘散在四面八方

千年前那场迁徙

不仅留下永恒的悲壮

还将繁殖永恒的爱情和

求索的力量

2023-11-01

怀念

——写给亲爱的清华经管EMBA21E班同学

EMBA21E

一个优秀的群体

先生人人潇洒

女士各个靓丽

尊师重教

锐意进取

博览群书

中西合璧

求索新知

寻根问底

教学相长

求同存异

重走联大路

闪光的足迹

创业维艰

矢志不渝

我们相逢在金秋

永恒的记忆

即使以后天各一方

不再相遇

自强不息

厚德载物

仍然将我们联系在一起

我们仍然共享

清华园的夏荷和冬雪

春花与秋雨

你拥有我

我拥有你

2023-11-18

也许

再次踏上那片浪漫的土地

她已经悄然离去

岁月匆匆

来去匆匆

又有什么关系

美好的时光总是短暂

相逢只是一种偶然的机遇

月光如水的夜

吹气若兰的喘息

即使她只是一朵浪花

我也要让她在生命的长河中奔腾不息

2023-11-01

边缘的爱慕

课堂的光影中
你的笑容那么灿烂
在每一个细微的瞬间
我们心灵的共鸣
如同风中的琴弦
轻轻颤抖

我们在图书馆相遇
在知识的海洋中扬帆
美好的情感
如同大海的潮汐
在彼此的心底
涌起波澜

而我们之间有一条无形的边界
那是责任与道德的底线
在这条界线的两侧
我们默默守望
彼此祝福
每个人的花好月圆

你是一朵未绽的花蕾

在知识的土壤中悄然扩展

而我愿做那一缕阳光

温柔地守护着你的梦幻

愿我们的心灵

在这纯净的情感和空灵中取暖

在未来的某一天

你绽放出最美的花朵

而我，将在远处

静静露出赞美的笑颜

2024-07-05

称谓的秘密

偶然

餐桌上相遇

一张餐桌的宽度

似千山万水的距离

临别

小心翼翼

互加了微信

仅此而已

曾经

比邻而居

遗憾

我们并没有交集

我和她

差着一代甚至更多的年纪

她举止得体

端庄而又美丽

我常常情不自禁

发去一些校园照和诗句
……

她偶然叫我师兄那一次
简直就是一次惊喜
我回称她小师妹
乐此不疲

相信
小师妹
也像我一样懂得
这个称谓的诡秘

2023-11-03

没有

河流
所以平缓
因为下游没有悬坑

大漠孤烟
所以直
因为没有遇到风

水
没有结冰
因为没有遇上寒冷

人
所以理性
因为没有遇上爱情

2023-09-30

梦幻

在岁月的边缘
我们相遇
相对无言
却是心灵深处的伴侣
彼此眼中
有不言而喻的默契
情感的火苗
悄悄燃起
然而，在白昼
理智战胜情绪
我把一缕情愫
压在心底

可是
在昨晚的梦境里
我们手拉手
不再拘泥
你依偎在我的身旁
而我把你的下颌轻轻托起
月光下

我们相拥而泣

水乳交融

无法言说的亲密

醒来时

我流了满脸的泪滴

梦中的情景

在心底刻上了温柔的印记

从此以后

现实与梦境交替

你中有我

我中有你

2024-07-09

同窗

——写在高中毕业五十年同学聚会前夕

白驹过隙

五十年过去

岁月如歌

刻骨铭心的记忆

历史的长河奔腾不息

激起中学时代的点点滴滴

我们人生的路口

青春的足迹

记得土炕上的通铺

煤油灯影里写下的日记

教室青色的砖房

窗子上安装的毛玻璃

记得寒冬打在脸上的雪花

主干路上春日里纷飞的柳絮

用书本扇凉的盛夏

边学习边收割的秋季

记得系在树上的一截铁轨

传递着时间的信息

听到早自习结束的钟声

我们纷纷向食堂冲去

记得晚上老师来查房

我们把书本藏在被子里

借着手电筒的光读书

小心翼翼

记得老师们的循循善诱

还有音容笑貌和鼓励

他们用心血和智慧照亮了我们

却燃烧了自己

记得和文奎同学讨论作业

你一言我一语

班委工作上互相支持

心照不宣的默契

记得金玉同学的告诫

扫煤渣和搞卫生要彻底

否则辛辛苦苦

前功尽弃

记得陶洪君同学三米线外的投篮
横冲直撞的国余
王颖和广兰同学的歌喉
还有几位女同学的绵绵絮语

记得去显义同学家做客
于大婶做了那么多好吃的东西
记得世玲同学家在学校的对面
和勤劳能干的阿姨

记得和继贵与海军同学一起做饭
小米饭扑鼻的香气
记得和显玲同学同村
回家路上一起走过的朝夕

记得国深和永明同学的大嗓门
牌场上见高低
记得和常久玲同学一个宿舍
记得和景超、化柱和洪玲同学深厚的友谊

这里没有提到名字的老同学
我同样记得你
往事一幕幕
不胜枚举

记得毕业的那一天
我们不忍分离
好朋友之间
相拥而泣

记得毕业后天各一方
却一直关注彼此的消息
八二和九二这两个数字组合
从来也没有忘记

五十载春华秋实
五十载栉风沐雨
久别重逢
让我们举起杯
为相聚
为友谊

2024-08-20

迷恋

这几天
只要看到天空的蓝
湖水的蓝
那件浅蓝色的呢子大衣
就总是浮现在他的眼前
他很少戴帽子
即使在冬天
可那顶鸭舌帽
却总是在他眼前浮现
前进和宣誓比较容易
退却和遗忘则很难
这是他对生活
对过往的一种迷恋
……

八月的那场流星雨
会伴着他的思念
岁岁年年

2023-11-20

舍弃

列车风驰电掣
向小城驶去
你突然意识到
激情和浪漫
可以潜伏下来
却不会真的销声匿迹
黄秋英盛开的季节
她又一次苏醒
俘获了脆弱的你
为了那个梦幻
名誉、地位和金钱
暂时都可以舍弃
想到宿醉
还有那些杀人的游戏
你有点鄙视自己

车窗外
下雨了
暂时安置了你火热的情绪

2024-08-13

蛰伏

有些东西

本以为它已经死了

岂不知

它比黄丝藤还要顽强

十几年以后

它又悄然醒来

收到她的讯息

让人不知所以

我匆忙地穿好衣服

夺门而去

2024-08-16

背离

付出爱的时候
不懂
囊中羞涩
也少了一点能力

懂爱的时候
错了
物是人非
已不是原来的自己

打量了一下
她手捧着的玫瑰花
羞愧地说：我不能接受它，对不起

2024-05-05

纠结

他看着她的头像

颤抖的手指

抬起

又放下

怕惊扰了她

更怕自作多情

碰壁

2023-11-07

冬日偶见

——题韩娟女士视频

蓝天

红花

和绿地

还有漫步的你

白色的遮阳伞

黑色的裙裾

你在赏花

阳台的邻居在看你

也许

我也同样引起了注意

尽管我只是看到了你的背影

却仿佛我们早已熟悉

闻到了那一树树的花香

听到了卞之琳《断章》里美妙的诗句

2024-01-19

母亲节

母亲节
人们思念和谈论最多的是妈妈
康乃馨
最温馨的花
香飘四季
温暖万户千家

对着妈妈
人们说的都是真心话
即使说了假话
也是真的为了妈妈

2024-05-12

封存

封存什么不好
偏偏要我封存那份美好

让我怀疑
也许
那只是一种错误的幻觉

我尽了最大的努力
可还是做不到
将发生过的一切忘掉

拂晓
你的影子
常常在晨光中向我微笑

睡梦中
我们明明拉着手
向着一片光明奔跑
······

我也一直记得
像今天一样的那个朦胧的月夜
月光下的拥抱

2024-08-20

澳门

几日来

澳门一直萦绕在脑际

睡梦里

也驱之不去

不是因为"七子之歌"

不是因为四大赌城之首的美誉

不是因为特区

不是因为建筑风格的中西合璧

而是因为

我热恋着你

却不能在这样特殊的日子

拥抱在一起

2023-10-02

我们

余秀华说
他们爱过又忘记
而我们仅仅互相欣赏
却乐此不疲
也许
他们的记忆有问题
或者
那句话是假的

2024-01-31

我突然明白了一个道理

网络上

到处都是七四届高中毕业生五十年聚会的消息

白发苍苍的老人们披红挂绿

载歌载舞

祥和喜气

我突然明白了一个道理

为什么人们总是庆祝胜利

因为不幸的人已经不在了

活着的人生活还得继续

直到一个整体

完全逝去

2024-08-23

问询

知道我在美国的消息

很多朋友关切地问我一个问题

我生活的城市冷不冷

有没有暖气

我知道他们想听到否定的答案

愉悦自己

本想满足朋友的好奇

可多年实事求是的教育

我没有那样的勇气

他们关心我

又痛恨美帝国主义

2024-02-04

第三辑

怒放的红菊

怒放的红菊

任正非
1987年创建了华为
那一年
他43岁
如今
华为刚过而立之年
享誉全球
震惊欧美

红菊①傲雪凌霜
冷静又无畏
坚持真爱
永不颓废

海思②，不慕虚荣
唯尊"思想"深邃
海纳百川
并非森严壁垒

ASIC和SD502芯片③

早期的里程碑

从零到一的突破

华夏夺魁

鸿蒙④，开放和自由

博大和新锐

设备间无缝互联

智能化世界的精髓

麒麟⑤

寸草春晖

带着对祖国的祝福

送来祥瑞

大海茫茫

百川交汇

苍穹无限

鲲鹏⑥展翅高飞

以客户为中心

不变的路轨

向着城墙口冲锋

无怨无悔

多劳多得

按劳分配

以奋斗者为本

人性和理智的回归

艰苦奋斗

视懒惰与腐化为祸水

垫子精神

傻子满天飞⑦

80米高空随风摇摆

那是跃动的花蕊

华为的南泥湾

东、西、南、北和中非

任正非父母不幸双亡

晚舟难归

两次癌症手术

百折不回

他婉拒了很多官方的荣誉

立下了无字的丰碑

让好大喜功的人

感到惭愧

四无公司的成长

信仰的捍卫

小推车、小毛驴推拉出的500强

闪耀长征的光辉

妥协是金色的

从股权到专利费

不做黑寡妇⑧

合作共赢的智慧

人性之灰

并非非白即黑

兼容并包

萧规曹随

心声社区

任正非十宗罪

自我否定和批判

清除盲目崇拜和骄傲的味蕾

7000人辞职门改革

勇蹚深水

驳斥造谣中伤

振聋发聩

伊尔2飞机平安着陆⑨

弹痕累累

华为浴火重生

厥功至伟

十三孔桥⑩上

科学家雕像挺拔雄伟

星光璀璨

像一颗颗翡翠

崇尚科学

群英荟萃

华为是一只展翅的雄鹰

他们就是坚强的脊背

以史为鉴

防止大崩溃

回避与资本联姻

不做金钱的傀儡

告别朗讯

将摩托罗拉的印钞机打碎

阿尔卡特蒙羞

合而未强的诺西败北

三足鼎立
大义有为

进入无人区
大无畏
点燃丹珂的火炬
韩信背水

吸取宇宙能量
一杯咖啡
开放，再开放
思想前卫

以客户为中心
以奋斗者为本
艰苦奋斗
华为文化之魂
刻入一代代华为人的心扉

崛起的华为
知人善任的任正非
不要小聪明
亦中亦西，非马非驴的大智慧

怒放的红菊

将伴着中华民族的崛起与腾飞

红色耀眼

年年岁岁

2023－12－05

注：

①红菊：华为的标识。

②海思：华为的全资子公司，研究和设计芯片。

③ASIC和SD502芯片：华为最早的芯片。

④鸿蒙：华为的操作系统。

⑤麒麟：华为手机芯片。

⑥鲲鹏：华为服务器芯片。

⑦傻子：任正非说华为需要以客户为中心、勇于献身的傻子。

⑧黑寡妇：一种分布于全球多个地区的蜘蛛，部分种类的雌性会在交配后吃掉雄性。

⑨二战期间一架伊尔2飞机弹痕累累，坚持飞行，最后平安着陆。任正非用它来比喻华为。

⑩十三孔桥：位于华为欧洲小镇。

永恒的活火 ^①

四十年前
你从琴岛起航
一路高歌
劈波斩浪

向缺陷宣战
砸碎七十六个不合格的冰箱
破釜沉舟
不要数量要质量

品牌战略
有序的扩张
连续15年蝉联全球大型家电品牌零售冠军
连续5年入选"最具价值全球品牌100强"

不把鸡蛋放在一个篮子里
多样化成长
从冰箱到剃须刀
白色家电的一片汪洋

国际化

走向全球市场

覆盖二百多个国家和地区

在主要区域占有率第一或成为前三强

网络化宣言

不触网就死亡

用户和创客一起参与设计和营销

个性需求的满足和张扬

生态演化

打造工业互联网

衣联网、食联网等多个生态圈

协同成长

"人单合一"②

指引前行的方向

人人都是创客

汇聚磅礴的力量

创新驱动

用户至上

最大限度地满足他们的需求

不变的精神和信仰

大规模定制

纲举目张

零缺陷、零距离和零库存

无数企业的向往

海尔的产品

星罗棋布在世界的每一个地方

成为传递温暖的使者

沟通世界的桥梁

三翼鸟③

混沌的自画像

链群合约④

渐露锋芒

"我是CEO"

"小微"的理想⑤

石破天惊

决策权、用人权和分配权下放

倒三角

金字塔塌方

从乱到治

不再是旧模样

废除科层制
一万二千人转岗或下岗
敢为人先
风云激荡

智慧家庭
迭代用户体验一如既往
量子小店⑥
雨后春笋一般茁壮成长

文化融合
避短扬长
沙拉酱文化⑦
融通四面八方

无为而无不为
"道"的张扬
貌似群龙无首
实则可以倒海翻江

自以为非
永不满足现状
不松懈的精神
自我革命的力量

永恒的活火

将未来的道路照亮

"直挂云帆济沧海"

继续领航！

2024-07-20

注:

①永恒的活火：古希腊哲学家赫拉克利特提出的命题，意思是社会的发展和时代的进步是永恒的。这是海尔追求的愿景。

②人单合一：人是员工，单是用户，合一就是不断地创造用户需求。

③三翼鸟：海尔的三翼鸟是海尔智家旗下的全球首个场景品牌，标志内涵来源于混沌理论中的奇异性引子。

④链群合约：海尔的一种组织形式，通过合约将链群组织起来，不断地共同创造价值。

⑤小微：由十个左右的创客组成的团队。

⑥量子小店：海尔智家在社区建立的店铺，为用户提供全方位的家庭服务。

⑦沙拉酱文化：代表海尔文化中的包容性，欢迎不同的观点和想法，以促进团队的多样性和创造力。而融合这些东西的沙拉酱就是人单合一。

讯飞 [①]

智能的天空中
你在翱翔
语音的翅膀
携带着希望
也携带着梦想
在此起彼伏的声浪中
让言语吐出文字的芬芳

你既是技术的先锋
又有人类的百转柔肠
你是教育的灯塔
也是医疗助手的榜样
在孩子们的朗读声中
在病患的询问中
静静地倾听
大爱无疆

跨越语言的障碍
翻过种族歧视的高墙
连通世界

信息共享

你的翻译

架起沟通的桥梁

让和平友爱的精神

在不同肤色民族的血液中流淌

用智慧的代码

把温暖送向四面八方

祝愿你在未来的征途上

斗志昂扬

用美妙的声音

把科技和人文交汇的旋律唱响

2024-07-05

注:

①讯飞：指科大讯飞。

生命的探寻者

——写给女儿和生命科学工作者

在显微镜下

你们看见了世界的微小和奇特

细胞在你们的指尖上跳舞

DNA在你们眼中闪烁

你们的目光穿越分子链与细胞壁的迷宫

揭开生命的底色

手中的试管

鉴别真假与对错

每一滴试剂

都是对理想的承诺

在试验的过程中

你们笑对失败和挫折

筚路蓝缕

从未放弃对未知的探索

实验室的灯光照亮科学的梦想

礼赞生命的守护者

你们的努力

永恒的活火

如同春风拂过大地

温暖着无数人的心窝

每一次发现

都是对生命的讴歌

你们在挑战中前行

忘却了自我

丹柯引路

再不是传说

你们的智慧与勇气

永远蓬勃

2024-07-03

航班上

登机不久
一位航空小姐送来了微笑
"先生，您选哪种早餐"
"我吃过早饭了
这提供中午餐吗"
"很抱歉，
不过
我可以为您打包一份餐食
中午用起来很方便"
……

快降落时
她送来了一个漂亮的餐盒
"一份中餐，一份西餐，
您可以尝尝鲜"

另外一位航空小姐则给我找来了一个纸袋
拎起来很方便
两位航空小姐的热情和周到
让我感到窗外的秋凉

并没有消减机舱内的温暖

天堂路远

还是要爱这有爱的人间

2023-09-18

末日的疯狂与浪漫

——《第三帝国的兴亡——纳粹德国史》读后

在巴伐利亚的阴影下
希特勒在小客栈里出生和成长
出人意料
这个奥地利农民的后裔
在历史的长河中
掀起了惊天巨浪

希特勒的少年时代
整日在维也纳的大街上闲逛
陪伴他的是寒冷、孤独和每日辘辘的饥肠
而狂热地读书和对社会民主党的反感
滋生了纳粹思想

志愿参加巴伐利亚步兵团
两次获得铁十字奖章
"刀刺在背"
执迷不悟的信仰
投身政治
毒苗开始了生长

纳粹的出现
慕尼黑这片"肥沃的土壤"
他是一位讲演的天才
借此加入了德国工人党
通过一系列的政治操弄
作为元首控制了纳粹党

失败的啤酒馆政变
叛国罪法庭辩论时的成功演讲
铁窗内写下《我的奋斗》
纳粹"圣经"的狂想
宣称日耳曼人才是世界的主宰
对外要不断扩张

第三帝国的历史根源是三十年战争
《威斯特伐利亚和约》的影响
第二帝国的崛起
铁血宰相俾斯麦的榜样
费希特、黑格尔和张伯伦的哲学
种族主义发育的温床

在夺取政权的道路上
希特勒与其他党派和人物较量
恐怖、暗杀和利诱

丧心病狂

无所不用其极

实现了他一手遮天的愿望

迫害犹太人

镇压共产党

清除新教徒和天主教徒

让商业工会无疾而亡

1934年6月30日的大屠杀

血腥和肮脏

文化纳粹化

两万册图书一次被焚烧在柏林广场

他用枪杆子和甜言蜜语

编织了一张网

轻而易举

诱惑了普通德国人的善良

他们对利益的短视

帮助了把他们推向深渊的纳粹党

1936年3月7日凌晨

德军奇袭莱茵兰

打响了法西斯妄图征服世界的第一枪

英国和法国

高手过招

道高一尺魔高一丈

大举进攻莫斯科

与苏军的殊死较量

坦克和装甲部队受阻

连绵的阴雨帮了苏军的忙

朱可夫领导苏军全线反击

造成德军大量伤亡

德国陆军不可战胜的神话破灭

狠狠地打了希特勒一记耳光

1941年12月7日

日军偷袭珍珠港

柏林和华盛顿

猝不及防

美国、中国和苏联等26个国家向德、意、日宣战

拥护《大西洋宪章》

反法西斯同盟正式形成

法西斯的末日钟声敲响

沙漠之狐隆美尔遇到蒙哥马利

阿拉曼的溃退和大逃亡

英美联军在摩洛哥的海滩登陆

希特勒在突尼斯建立桥头堡破灭的幻想

斯大林格勒战役的惨败

苏联红军永远的辉煌

他们用鲜血

点燃了正义战胜邪恶的希望

纳粹在欧洲的所谓新秩序

典型的末日疯狂

灭绝营

犹太人、斯拉夫人和苏联战俘的屠宰场

捷克的知识分子和波兰的绅士阶层

无辜的死亡

秘密警察海德里希遇刺

近1400人和利迪策村全村人陪葬

墨索里尼垮台

兔死狐悲的凄凉

反纳粹的闪电计划和"7·20"暗杀失败

隆美尔服毒身亡

盟军诺曼底登陆

苏联红军势不可挡

希特勒孤注一掷

垂死前的猖狂

避弹室里最后的客人

戈贝尔夫妻和六个孩子的陪葬

临死前与爱娃·布莱恩结婚

法西斯分子的"绝唱"

希特勒的遗嘱

第三帝国的覆亡

掩卷长思

第三帝国的兴衰恰如流星之光

炽热又短暂

黑暗又漫长

野心和权力的膨胀

掩盖了人性的光芒

愚昧和盲从

独裁者的殉葬

唯有民主和觉醒

才是人类和平的希望

2024-07-26

铊与她

铊（Thallium）
化学符号Tl
原子序数为81
汞和铅是邻家

多年和金属材料打交道
可我认识铊
竟然不是在元素周期表上
而是因为她
被铊毒死在象牙塔里
震惊天下

近三十年
朱令周身疼痛、失忆和脱发
生活不能自理
靠年迈的父母照顾
在死亡线上苦苦挣扎

如今她走了
没有瞑目

因为投毒的人
还没被绳之以法

因为她
我了解了铊
"巨黑"
荼毒生灵
黑暗中露出了獠牙

因为铊
我了解了她
校民乐队的主力队员
游泳健将
化学界不该陨落的一朵奇葩

人们记得她
死在燕山脚下
人们记得铊
以不见血的方式
参与了卑鄙的谋杀

还有两样东西
嫉妒心和仇恨
比铊更可怕

大海咆哮

掀起愤怒的浪花

山河默哀

等待一个解答

苍天若有眼

终有一天

真相会大白于天下

罪犯落网

告慰她

铊

银白色

也重新绽放本来的光华

2023-12-28

青翠的落叶

郊野公园湖面上两种落叶

吸引了我的目光

一种青翠

一种枯黄

枯黄的那种

早已习以为常

而青翠的落叶

却让人忧伤

它们似乎瞪大了眼睛

向上张望

哪里

才是它们的故乡

四十多年前

彭加木博士在罗布泊神秘地消失

让我们留下了不尽的遐想

中印边界祁发宝和四名边防战士

英灵永远站在高原上

眺望远方

多少年轻的战士和无辜的孩子

死在俄乌战场

临死都没有闭上他们天真的眼睛

一脸的迷茫

他们的父母

永远都在眺望

向着战场的方向

2023-11-23

止不住的眼泪

读《一人一厨一狗》
和《厚积薄发》
止不住的眼泪
一次又一次地流过我的面颊

一句话
无数奋斗者和无数次的奋斗
铸就了华为这座摩天大厦

2024-08-03

标注

人们之所以都知道猴腚是红的
因为它爬得高

狗尾巴草
只要被人移上了高台
台下就有人喝彩
再名贵的花卉
只要覆盖了尘埃
就会有人下脚去踩
信息扭曲
标注了我们这个时代

2024-05-20

残雪

——写在2023年诺贝尔文学奖颁奖前夕

残雪

一般见不到阳光

孤独地

躺在阴冷的地方

或者

遭过路人的踩踏和车轮的碾压

却不肯随波逐流

纵然卑微

却不放弃自己的理想

也不轻易融化

顽强地发射属于自己的那道光

而我希望

残雪保持初始的洁白

和后来的坚强

内化了污垢

疗好了伤

化为春泥

生长宽容与善良

而不是因为自然界要颁发什么奇特的奖励

穿上了伪装

2023-10-05

埋葬了多次的爱情

——读苏金伞《埋葬了的爱情》

在八十六岁高龄
他写下《埋葬了的爱情》

仅仅因为几十年前
他在与一个姑娘约会时
没有亲吻她
遗恨终生

几十年了
他的眼里还有她堆起的小坟茔
梦里相思
那个沙丘就是分水岭

我比他还不幸
多次埋葬了爱情

2023-11-20

孤傲

孤傲
让他超凡脱俗
锐意进取
不落窠臼
像一只苍鹰
展翅高飞

孤傲
却让另一个他故步自封
自恃清高
止步不前
像一只断了线的风筝
脱离了大地

2023-11-06

他走了

中国人民的老朋友

亨利·基辛格

以世纪高龄

带着对中美关系的焦虑走了

他秘密跨越大洋

让中美关系得以缓和

协助尼克松总统

与中国伟人共同完成了一项伟大的历史转折

鸿篇巨制

《论中国》

远瞻中美关系的大局

深刻地洞见和把握

百次的到访

大洋两岸的穿梭

身体力行

浇灌中美人民友谊的花朵

主张合作和共赢

摒弃对抗和战火

铸剑为犁

远见和美好的传说

2023-11-30

累眼

抖音、短视频

聊天间

女主持直播带货

作家讲演

应有尽有

让人眼花缭乱

我睁大了眼睛看

用心看

有时还是看不清哪个是真消息

哪一个是流言

哪一位是真正的专家

哪一位正在行骗

照这样下去

一定会累坏读者的眼

乱象丛生

还是得管一管

2023-11-27

与AI共舞

在无数个夜晚的沉思中
我曾用手中的笔
蘸着情感和泪水
写下成千上万的诗行

然而，AI潮水般涌来
一石激起千层浪
未知的未来
它是否会将我摔死在沙滩上

它无形，却用速度撞击心房
它无声，却有颠覆的力量
今天，站在新的起点
居安思危
我要与AI携手
再一次起航

在诗的浪漫里
我要与AI共舞
让每一个灵感的火花

与科技的智慧

交相辉映

一起奏出时代的交响

2024-07-05

错愕

抖音上发了一首诗
《大变迁》
讴歌了改革开放四十年的巨大成绩
无意歌功颂德
也没有包装和美化自己
网友的反应
让人错愕和唏嘘

赞美和鼓励的朋友自不必说
还有很多咒语
没有善意的讨论和批评
直接咒人死去

我不得不思索
这些人究竟失去了什么东西
以致对着一首诗
如丧考妣

我陡然明白
网络真是是非之地

一些人预感自己来日无多

难免歇斯底里

我一再安慰自己

沉住气

消消气

2024-08-11

大决战

毛泽东
运筹帷幄
决胜千里

蒋介石
迟疑不决
犹犹豫豫

警示：
统帅的意义
纵览全局

2024-08-02

刀郎在骂谁

刀郎
一个"无名小辈"
乾坤朗朗
竟敢指桑骂槐
惹是非

惩罚你
师出无名
活见鬼
饶过你
又如芒在背

苟苟营在哪里
马户又是谁
哪处勾栏灯火旺
哪位公公常作祟

哪里是罗刹国
以丑为美
又是谁之罪

2023-08-02

遗憾

他敬佩海瑞和闻一多这样的人

活得有骨气

但遗憾

自己没有那样的学识和能力

江湖上

少了点名气

人微言轻

难张大义

更痛恨很多人通今博古

却没有骨气

只会摇尾乞怜

讨有权势者欢喜

2024-05-26

如果历史可以修改

如果历史可以修改
尤其大学的校史
那么
用再美妙的语言教育学生诚实守信
都是枉费心机

2024-01-11

奇葩

余秀华
中国诗坛上的一朵奇葩
引人瞩目
《穿过大半个中国去睡他》

没有她
就没有它
没有它
也就没有她

它让她名声大噪
她用她的残疾掩盖了它的伤疤

别样的人生
别样的风华

2024-07-16

难以言说

世界上有的东西
真的很美
你却不能说他美
也有很多东西
真的很丑
你却不能说他丑
这样的世界
真的很丑

2024-04-06

她的诗

如果不是那首诗

如果不是炒作带来的名气

如果不是读者人云亦云

如果不是弱者同情她的特殊经历

她的诗里虽有个别美的句子

多数其实没有一点逻辑

好多比喻不恰当

用词造句过于随意

如果让中学语文教师看一看

相信其中很多都是病句

这样的诗

却大量而重复着被转载

不能不说

是诗坛和中国语言的悲剧

2024-08-21

雪 崩

北京
晴空万里
并不是十分寒冷
难得的气象上的好天气

室内温暖如春
透过轩窗的阳光分外和煦
隔壁的妻子
正在弹奏一首钢琴曲

向窗外望去
大街上车辆无几
都城
一片沉寂

而病毒一路狂奔
攻城略地
攻击的对象不论男女
不分地域

我清醒地认识到

我们自以为是的强大

竟然这样不堪一击

躲过这场灾难

并不容易

直到现在

我才懂得了伏尔泰的名句

"雪崩中，

没有一片雪花是无辜的"

2022-12-23

词性

词性

正在蜕变

宁折不屈

变成了"傻瓜蛋"

屈膝

不再与奴颜相连

偷偷地

贴上了"大智"的标签

由此

一些"大咖"对权贵的曲意逢迎

人们不再反感

愚昧对着科学呐喊

权贵向法律挑战

学生频频揭发教师

再无师道尊严

商务往来

坑蒙拐骗

庙堂之上

空话连篇

呜呼哀哉

如此这般

2024-06-15

质 检

质检反馈意见回来了
我的感觉
又被瘦身了一次
割了我的肉
又剜了我的眼
一本诗集成了一个没有灵魂的冤鬼
无处安身立命

2024-03-25

怀念

他逝世那年
我正好二十一
记得
人们哭得惊天动地
而今佩洛西提心吊胆地走了
我看不懂里边的玄机
只是
更加敬佩毛主席

2022-08-06

第四辑

我听到了
灵魂断裂的声音

一片涟漪

起床之后
像往常一样
我向窗外望去
想看看日出东方的霞光

东边的天空灰蒙蒙的
而西边的天空却是一片明亮
日头明明在东边
霞光为什么却在西方

我的眼睛看到了真实
朝霞一定在东方只是我的常识和想象
以后我要看看
晚霞是否有时会出现在东方

我猛然醒悟
自己了解到的东西
乃至常识
只是一片涟漪

它的背后

还有一片汪洋

2023-10-08

我听到了灵魂断裂的声音

入梦了

我在一片沼泽里爬行

里边杂草丛生

并非童年鸟语花香的憧憬

水田鼠、水鼩鼱等

围绕着自己前蹿后跳

还有一些不熟悉的水鸟

叽叽喳喳地叫个不停

四周黑漆漆的

我迷路了

前行不得

后退也不行

我想喊叫

却张不开口

我束手无策

在沼泽里挣扎

前面是更深的泥潭

看不到一点光明

惊醒了

原来是一个梦

……

万籁俱寂

喧嚣的城市已经入梦

我辗转反侧

难以入眠

噼里啪啦

我明明听到了灵魂断裂的声音

2024-05-01

9·11

一个让人胆战心惊的数字
历史不会忘记
美国世界贸易中心两座姊妹楼
被意想不到的方式夷为平地

从那以后
人们谈虎色变
外出
不敢选择这一天
住宿
不敢选择这个号码的房间

其实
这大可不必
复仇或恐怖是必然
而什么时候却是偶然的事件

何况
仇恨的种子
都是以前种下的

2023-09-11

观望

体育场里
站在看台上的人多
下场比赛的人少

海滩上
站在沙滩上看海的人多
下海搏击风浪的人少

人世间
羡慕美好爱情的人多
敢于追求真爱的人却少

2023-10-07

曾经

朋友圈里
看到了同行交流年会的消息
莫名其妙
心中竟然波澜涌起

曾经以为
退休后
我已和管理学界远离
不再关心
那些无关痛痒的会议

及至成真
竟然这么不舍和悲戚
告别历史和出头露面的机会
并不容易
的确，对我这样普通的人
失去了才会珍惜

如果是王权
如果是美女

如果权力没有约束

如果可以亵渎法律

一旦得到了

岂不更加难以放弃

所以

如果换成了自己

会不会急流勇退

每个人都必须面对的问题

2024-01-07

错误

照耀人们的明明是太阳
却偏偏歌颂月亮
仅仅因为它反射了柔和一点的光

文学明明反映的是现实
可作家偏偏说它是做梦的艺术
仅仅因为它触及了一下灵魂和理想

爱情明明是可遇不可求的东西
偏偏让人踏破铁鞋去寻觅
仅仅因为它裸露了一下纯洁的微茫

2023-11-22

尴尬的处境

他辗转反侧
彻夜难眠
多年养成的习惯
啥事都想知道所以然
高手到底在庙堂
还是在民间

思考再三，有所悟
汉语很灿烂
民间有高手
不等于高手都在民间
庙堂上有笨蛋
不等于庙堂上皆笨蛋

民间人士常说
高手在民间
因为他们还没有成为高手
还在民间

庙堂上的人常说

精英的顶层设计很关键

因为他们进了庙堂

不在民间

还有一个问题悬而未决

庙堂的人认为他不在庙堂

民间的人认为他亦不在民间

那自己到底是在庙堂

还是在民间

2023−03−13

过期

每隔一段时间
我都要对办公室和家里的用品进行清理

凡是过期的东西
果断扔掉
一点也不可惜

唯独对自己写的文字
还有头脑里残留的思想
不愿舍弃

其实
他们也早已过期
无非他们已经融入了血液
成了自己

2023-09-13

还有一片汪洋

游泳后

我一直在躺椅上发呆

十几天后

又要启程回国了

怎样度过人生的后半场

再次感到迷茫

以前

以为青少年时期才会迷茫

中年不再困惑

孰料

花甲之年

衣食无忧的日子

却更加迷茫

文化和历史决定了政治的走向

还是政治培育了自己的温床

如果没有灵魂

最终都走向死亡

几十年

岂不是空忙一场

若有彼岸

是否正像此刻我头上无际的夜空

蓝幽幽的

将无尽奥秘珍藏

以前的一切

只不过是偶然划过的几缕星光

海滩上涟漪的背后

还有一片汪洋

2024-06-13

头绪

——《觉醒年代》观后

午夜
仍然无法入眠

为什么当年争论不休的问题
100多年过去
至今
仍然没有头绪
德先生、赛先生和马先生
还有那个该死的周期率

向窗外望去
亮灯的窗口所剩无几
很多窗口灯都暗了
人们早已沉睡在梦境里

2021-07-28

廊桥梦

三十年前
读《廊桥遗梦》
我落下的泪水湿透了衣衫
两位主人公的爱感天动地
期望
有那么一天
……

时至今日
经历了情感的坎坷和磨难
重读这本书
方晓那座廊桥
架在罗伯特·金凯
和弗朗西斯科的心间
他们四天的爱
刻骨铭心
又那么惊艳

与罗伯特·金凯不同
没有人愿意做我的囚徒

因为自己不像豹子

早已陷落在城市文明中

丢失了那样一支箭

2024－08－06

落寞

轻歌曼舞

觥筹交错

表象下

常常掩盖的是落寞

也是

不可言说的折磨

2024-07-29

光环

发过光
产生了光环
可随后发出的
并不都是光

但人们误以为
那是光

2024-04-27

梁家三代人

梁从诚如是说
梁家三代人都是失败的
满腹经纶
学贯中西
面对的选择却越来越少
历史的诡异
梁启超梦寐以求的是君主立宪制
梁思成朝思暮想的是保护古建筑群体
梁从诚心心念念的是保护好生态环境
可他们至死都没有得到想要的东西
怀揣梦想
遗憾地离去

这既是他们个人的不幸
也是一个民族的悲剧
幸运的是
他们一直活在人们的心里

2024-05-23

枫叶红了

日新路两侧枫树的叶子变红了
但不是同时变红的
而是从树梢上的叶子开始
沿着枝条向下逐渐变红
再沿着树干向下面的枝条蔓延
最后
整个树冠上的叶子都红了
直到两边的枫树都披上了红纱
我知道秋天来了

红叶这么美
却也不是一天的工夫
它是随着气温的逐渐下降
叶绿素逐渐减少
花青素逐渐增多
逐渐变红的
要想成为一个诗人
我又怎么能着急呢

不妨从遣词造句开始

让诗慢慢地变红

2023-10-09

我不是唯一

启明星

闪烁在天际

我要走了

问她要不要留下那本书和工具

她嫣然一笑

稍有迟疑

然后云淡风轻地说

谢谢你

那一刻

我窥见了秘密

这样做

我并不是唯一

2024-06-09

消息

今天下午
微信群里
有人劝说别人
多听大道消息
少听小道消息
我一直在想
这是否有道理

的确
很多猜测、谣言来自小道消息
可有人说
很多所谓大道消息
也是假消息

而我认为
无论小道消息还是大道消息
区分真假才是最重要的
最怕的是假消息披着合法的外衣
又把道德的大棒高高举起

鉴别真消息还是假消息
其实很容易

若所说为"假消息"
会受到惩处的
所说多为真消息

若所说为假消息
不会受到惩处的
所说多为假消息

我不知道我说的是否正确
只知道这是一个不太好理解的逻辑推理

2022-11-29

警惕

多名诗人被爆抄袭
不可理喻

自己的诗作可能被抄
自己也可能引用不当构成抄袭

无论故意还是不当
后者
尤其值得警惕

2023-09-18

俚语

瞎猫碰到一个死耗子
只是一句俚语

偶然的一次猎奇
却以为是一种规律

直到多次碰壁
它才知道
死耗子早已绝迹

想想近两个月的荒唐
他羞愧不已

2023-11-21

悟

童年
怀揣金子般的梦想
天才和英雄都是榜样

年轻的时候
以为自己真是八九点钟的太阳
会放射出耀眼的光芒

中年的岁月
以为自己会成为栋梁
朝着目标奔跑
人生必将辉煌

年过花甲
醒悟
自己并不是夕阳
不会放出万道霞光

自己只是一粒尘埃

从出生到死亡

随风流浪

2024-05-08

元旦心语（十四行）

元旦
我的心语和誓言

心胸更豁达
斗志更饱满

皮鞋擦得更亮
笔锋磨得更尖

少一点遮遮掩掩
多一点从容坦然

少一点瞻前顾后
多一点策马扬鞭

少一点九曲回肠
多一点披肝沥胆

少一点遗憾

多一点丰满

2024-01-01

征兆

晚秋

我们坐在海滩的礁石上

夜风袭来

还是有一点凉

我们靠拢了一些

让海浪没过脚掌

远处渔火点点

陪衬着琴岛上空的星光

我们谈工作的琐碎

邻里关系的紧张

爱情的美好

和婚姻的迷惘

唯独没有谈论灵魂和永恒

诗和远方

……

多年以后

想想

也许

那是一个彼此消亡的症状

2024-06-11

证书的启示

绛紫的底色上
会徽①像朝阳冉冉上升
九个烫金的大字
中国作家协会会员证
背面是这九个字的篆章
方方正正
我几次拿出证书端详
久久不能平静

奇怪
我没有仔细看过结婚证
本、硕和博的学位证
长聘教授证
退休证
独立董事证
和各种奖励证
尽管上面每种证书
关系着职业和家庭

情有独钟的唯一解释

少年梦的追求和憧憬

它来之不易

也是对自身努力的一种肯定

通过诗歌

我不仅听懂了风声、雨声和雷鸣

还向世界

传递了自己的心声

2024-01-24

注：

① 中国作家协会的徽标以逗号为主要元素，形似朝阳。

信念

顾城说
有多少秋天
就有多少春天
我说
那是从前
而今
气候已变迁
有些地方可能是漫长的冬天
却只有短暂的春天

2024-05-17

元旦

元旦
普通的一天
分界
全新的一年

忘记该忘记的
欺骗与谎言
珍藏该珍藏的
友谊与爱恋

该复杂时要复杂
比如学术与科研
该简洁时要简洁
比如应酬和一日三餐

珍藏
不意味着纠缠
忘却
也不意味着背叛

复杂

并不适合事无巨细

简洁

并不代表凡事都要简单

日月如梭

光阴似箭

人生无所谓成与败

只是别留下太多的遗憾

仅此这般

仅此这般

2024-01-01

南橘北枳

淮南的橘
移植到淮北
则成了枳

私密空间中的交心
最好窃窃私语
不要用作报告的语气

办公室里
分析卧室里的拙言秽语
毫无意义

不同的语境
必须也应该
说不同的东西

2023-09-27

再谈伤疤

我曾经写过
因为爱她
才会发现她的伤疤
可是
我还要加上另一句话
如果伤疤太多
也可能不再爱她

2024-04-28

如果

如果
两个人
近则不逊
远之则怨
无论怎么说
相逢都是一个错误
彼此不是归人
而是过客

2023-10-27

诗

写诗五年

觉醒

所谓诗

就是经历喜悦或痛苦以后

在光怪陆离的现象里

情感的升华和抽离

还有

几个适于分行和精炼的词语

2023-10-20

悲剧

恋人

乃至夫妻之间

一旦把对方当成自己的从属

悲剧或闹剧就上演了

平等

又实在难求

2023-10-26

三月

小花梅们项上有铁链
北方升起了战争的硝烟
盛年的生命逝去了
网络上有数不清的流言
三月来了
诗人的笔下
却还是冬天

2022-03-03

奇怪的逻辑

漂泊

在文字的海洋里漂泊

奋力摇橹

却难觅下一个浪尖

心潮澎湃

却不见了往昔的风帆

每一行空白

都是挑战

每一字沉默

都是呼唤

苦闷

也是不甘的火焰

何时

再涌灵感之泉

险象环生

哪里才是自己的那一线天

孤独

何时成为灵魂最真挚的伙伴

播撒希望的种子

下一个春天

花开满园

2024-08-02

旅游

到过很多山

看过很多江湖

只是

还没有去拜山头

也没有去拜码头

以后也不一定要去

那里的路不熟

去了

容易摔跟斗

日子平平淡淡

波澜不惊

却自由

2023-10-06

矛盾

科学告诉我们
生命本身没有意义
宗教说
死后可以进入天堂
事实上
却人人怕死
这是世界上最大的悖论
却是每个人都愿意相信的主张

2024-01-15

攀爬的月季花

几株月季花
沿着铁栅栏向上攀爬
吸引了我的目光
让我想到了宠物的尾巴
主人一旦拆掉了篱笆
它们也就没了家
何况爬得再高
也没有牡丹的风雅

2024-05-09

奇怪的逻辑

又是几日
没有了你的消息
容易得到的
也容易失去
无论古今中外
这都是真理

我舍不得放弃
只好与她们保持暧昧和联系
打草惊蛇
是无奈，不是诡计
爱上别人
是因为爱你

2023-10-04

戏里戏外

剧院里看戏

很多人设身处地

笑

灿烂

哭

悲戚

可在真实的世界里

有时大家共同演绎着一出大戏

对自己的悲剧角色

却浑然不知

这是悲

还是喜

2023-09-13

欣赏

一位女高音歌手在演唱

磁性的嗓音格外嘹亮

一曲《天路》

荡气回肠

前台的观众

大腕和明星一大帮

他们为她喝彩

点赞和鼓掌

有趣的是

他们用的不是聪慧的耳朵

而是专注的目光

2023-11-25

我后悔了

当年
没学好外语
在全球化的舞台上
与同事拉开了距离
而今
诗坛上很多人说鸟语
自己一窍不通
又拉开了与他们的差距

我说
看不懂他们的语句
他们总说
毕加索说：鸟叫好听吗
好听
听懂了吗
没有
所以……

我后悔了
在语言学习上

尤其是鸟语

没有付出足够的努力

2024-05-14

羡慕和嫉妒

头发越来越稀疏
羡慕那些和自己年龄相仿却满头银发的人
如果年龄和自己相仿却满头黑发
总怀疑那个人戴着假发
……

大千世界
谁会理解秃顶人的心理

2024-01-29

信仰

有人不相信上帝没有问题
有人相信上帝更没有问题
有人以为自己是上帝才是问题

2023-11-13

一人得道　鸡犬升天

——从一场起诉想到的

这句成语
释义很简单
一个人得道成仙
家里鸡和狗也都随之升天
其实这并不可怕
因为家鸡和家犬毕竟有限
若一人得道
不仅家里的鸡犬
而是所有的鸡犬都升了天
那才是文学
乃至民族的灾难

2024-03-06

意外

别了
不必为我担心
更不必顾虑
我的失落
并非因为你
那是一个意外
不该发生的遭遇
我是在河边漫步
不小心
淋了一点雨
弄湿了鞋

2024-04-11

上帝是荒谬的

一个食不果腹的人
上帝偏偏送给他艺术

一个口渴的人
上帝偏偏送给他干粮

一个视名利如粪土的人
上帝偏偏送给他高官厚禄

人人都喜欢自由
上帝偏偏送来枷锁

我是一个很实际的人
上帝却偏偏送给我诗歌

上帝是荒谬的
竟让我为此着魔

2024-08-02

锁链

——有感丰县案例

砸碎疯妈妈的锁链
也许并不难
因为我们知道
那条锁链
在丰县

还有一条更长的锁链
你却看不见
我们只知道
这条锁链
存在了千年

2022-02-07

有趣的逻辑

吃瓜群众不解地问专家
你怎么给了那么多错误的数据
专家笑了
我当然知道
但我要告诉你
我说的是错的
我做的是对的

2023-01-20

被虐的感觉真好

虐待
在我的字典里
早已贴上"十恶不赦"的标签

然而
凡事皆有例外

与她对垒时
无论挑打
还是拧拉
我都打不过她
对我这个球台旁的弱者
她常常挥洒自如
大力扣杀

她开心赢球的那一刻
我的感觉
很奇妙
被虐的感觉
真好

2024-08-05

龙抬头

二月二

龙抬头

这一习俗变更为"牛抬头"就好了

因为我们多数人都是牛

病夫质问过

"谁见过龙低过头"①

其实

龙在成为龙之前也低过头

可能低得更低

世上本来没有龙

这只是一个不恰当的比喻

2024-03-11

顾城的遗产

顾城曾说
黑夜给了他黑色的眼睛
他却用它来寻找光明

美丽动人的诗句
却怎么也掩饰不了
他在激流岛上的残酷和无情

三十年后的今天
我们瞪大了眼睛
还是没有看到他寻找的光明

也许
黑夜和黑幕
乃是一对孪生

2023-11-02

狗和耗子

填完加入中国作协的申请表

已经很晚

想圆少年一个梦

成为作协的新会员

出乎我的预料

梦中却遇到了韩寒

他讥笑着说

你是否知道我的名言

作协就是把野狗变家狗

再把家狗变猎犬

我反唇相讥

你是否还没有加入作协

才如此大胆

或者吃不到葡萄

说葡萄有点酸

何况

这句话也是以偏概全

我心中暗想

管它什么狗

又是什么头衔

总比耗子强吧

至少可以有叫声和嘶喊

不像耗子总在黑暗的洞子里

这边钻，那边窜

几声狗吠

把我从梦中叫醒

突然

有点心酸

2023-03-06

对比

一个女子被视为美女
不一定长得漂亮
而是因为别的女子穿得窝囊

一个人被视为英雄
不一定长得伟岸或勇敢
而是因为他周围的人全是侏儒

一个人死了
大家都怀念他
不一定是他的人格高尚
而是他的邻居太坏

2023-10-27

难题

反击
没修养

不反击
受小人欺

难题
真是难题

2024-08-03

立春

名义上立春了

北方仍然很冷

但这并不是三月的倒春寒

而是大寒节气的蔓延

这种怪天气

竟然持续了多年

苦无良策

人们宁愿互相欺骗

冬天到了

春天哪还会远

2024-02-03

贾浅浅

——读贾浅浅《我想激动地叫醒黑夜》

贾浅浅

一点也不浅

她敢于再次直面可能的批评

发出爱的呐喊

露骨

夸张和大胆

尽管我不相信

那真是她心灵的誓言

可不得不说

她以娴熟的笔调

对一次简单的人类活动

做了一次动人心弦的渲染

2024-04-30

崩塌

下午四点了

还没有她的消息

窗外的雨

下得却越来越急

断断续续

耳边传来几声雷鸣

和什么撕裂的声音

他知道刚刚搭起的脚手架

崩塌了

2024-08-16

初七

人类最谦虚的一次命名
正月初七为人日
排在鸡、狗、猪、羊、牛和马的后面
因为人很清楚
自己才是他们的主宰
排在后面有什么关系
怪不得没有县长节、省长节和总统节

2024-02-15

有神的地方

有神的地方

和其他的地方不一样

天苍苍

野茫茫

神

主宰人间万物的生死存亡

活着

就要感谢神的力量

否则

只有更悲剧的下场

2022-11-05

第六辑

红颜

红颜

丹凤眼上柳眉弯，
肤如凝脂透光鲜。
两只耳坠银灿灿，
一头秀发垂香肩。
珍珠项链胸前挂，
低垂玉臂指纤纤。
秀外慧中人称道，
嫣然一笑衬红颜。

2023-11-13

花城吟

银燕穿行白云间，
远眺碧海映蓝天。
美味最慰远方客，
花城夜半不成眠。

2023-09-24

荷花吟

——和关东儒生先生

大义晓天下，
寓意寄荷花？
合作要双赢，
并非耍嘴巴！

2023-06-20

附关东儒生先生元玉

荷花外交

中华文脉长，
底蕴丰且厚。
荷花有深意，
美卿可知否？

关东儒生
2023-06-20

注：新华社消息

2023年6月19日下午，国家主席习近平在人民大会堂会见来访的美国国务卿布林肯。会见现场，摆放在会见桌中央盛开的荷花十分引人注目。当下正是荷花盛开时节，"荷"与"和""合"谐音，我们期待中美两国和平共处、合作共赢。

比翼齐飞

云端共舞逐风流，
智能相伴解千愁。
笔下生花抒诗意，
屏前对答巧如流。
书山有路通为径，
学海无涯慧作舟。
比翼齐飞同奋进，
算力助我写春秋。

2024-07-08

包拯

——和关东儒生先生

包公府衙恸哭声，
民妇喊冤令人惊。
误判法官生却死，
青天包拯死却生。

2024-03-18

附元玉

厅前有女

厅前有女放声哭，
直呼青天慰冤魂。
包拯有灵当惊诧，
今人何以求古人？

关东儒生
2024-03-19

注： 2024年3月10日，河南开封"包公府县衙"景区内，一千年前包青天居住的大厅里，一位身穿蓝色裤子、橙色上衣的中年妇女先上香跪拜，然后忍不住扶住栏杆放声大哭，引得路人围观。据说这女子现年32岁，前段时间出狱，17岁那年以投毒罪被抓判了重刑，现已查明她当年没有投毒。

财神节

天下奇事一桩桩，
苦难磨砺好文章。
儒生少做富贵梦，
财神不爱读书郎。

2024-02-14

白露

秋逢白露雨纷纷，
醉酒吟诗度光阴。
窗外千山归寂寥，
内心深处有声音。

2023-09-08

笔架山

清晨信步笔架山，
桥路九曲十八弯。
鸟语花香闻不够，
高楼耸立入云端。

2023-12-14

不一般

——寄语清华经管22E班同学

不期而遇清华园，
二二E班不一般。
三载同窗情款款，
结课盛典大联欢。
一本班书承厚重，
一曲班歌意绵绵。
深谙此岸非彼岸，
闻鸡起舞再扬帆。

2024-08-25

高山仰止　师恩难忘

——恭贺金元生老师87岁寿辰

题记：

　　时值金元生老师87岁寿辰之际，因在美国不能参加晚宴，甚为遗憾。读硕士的时候，因周平安老师的引荐认识了金老师，我的气动式铁谱仪就是在金老师的直接指导下完成的。后来又投在金老师门下做博士后研究，因学术水平所限和其他原因，没能留在先生身边工作，成为遗憾。又是在金老师的强烈推荐和帮助下进入经济管理学院工作，由此改变了人生。

　　饮水思源，心潮难平。金老师的人生就是一条激情饱满的河流，从正直和善良的源头出发，一路向着光明和理想的彼岸奔腾。从阳光少年到青年才俊；从知识精英到睿智长者，每一步都留下清晰的时代的足音。金老师自强不息和诲人不倦的精神将继续照亮后学和后辈的人生道路。

　　衷心祝愿金老师身体健康、永葆青春！期待在未来的日子，我们共庆金老师的九十岁和百岁华诞！题诗一首，以志纪念！因韵律和才华所限，可能词不达意，如有不妥之处，敬请金老师和各位海涵！

风度翩翩美少年，
德智体美皆发展。
北京四中初长成，
清华十年磨一剑。
轴瓦试制显身手，
秣马厉兵戚墅堰。
实验瓦件上摩托，
难忘北京机务段。
"知识越多越反动"，
自古英雄多磨难。
一波三折返京畿，
失之交臂铁科院。
供职北京铁路局，
铁谱技术做贡献。
自强不息探索路，
厚积薄发清华园。
建设重点实验室，
呕心沥血功勋建。
提出自修复技术，
入选俄白科学院。
年逾古稀仍开拓，

老骥伏枥谱新篇。

教书育人五十载，

桃李满园尤堪赞。

难忘师恩深如许，

祝愿百岁庆华诞。

2024-02-21

蝴蝶兰

茎挺扁叶似风帆，
上有蝴蝶舞翩跹。
百花空有好名号，
实至名归蝴蝶兰。

2024-05-16

红高粱

——祝贺莫言文学艺术馆启用

驰名中外东北乡，
夺目一片红高粱。
丰乳肥臀非声色，
蛙声阵阵唤曙光。

2023-11-28

精一

——和一白教授商榷《赠鲤夏先生》

驰名中外达芬奇，

通今博古岂精一？

天才不走寻常路，

策马扬鞭莫自迷。

2024-01-06

亮马河畔

大厦林立披早霞，

秋菊正放羞荷花。

白云倒映碧波下，

艄公勤劳早出发。

2023-10-18

蜡梅花

——和劲松正月初八赏清华蜡梅

又是一年春光乍，
风催草木孕新芽。
莫道春寒仍料峭，
乐见校园蜡梅花。

2024-02-17

离愁

新愁添酒醉，
离人不见归。
夜半难入眠，
几许相思泪。

2023-09-05

牢笼

可怜鱼儿苦挣扎，
上岸之后往回爬。
河水并非无情物，
原来牢笼亦是家。

2024-05-05

　　梦见一条大鱼，欢腾着上岸，然后，挣扎着回到河里……忽然想到：河水也是鱼儿的牢笼呀，养育了它，也囚禁了它！

　　我们，其实都一样……

茅台酒

赤水河畔濮人寨，
家国情愫自古怀。
高粱小麦萃精华，
工匠精神传千代。
五载窖酿百道工，
万邦博览惊中外。
琼浆玉液争芳冠，
香飘世界数茅台。

2023-12-21

暮春
——和长辉教授

暮春时节枉慕春，
旧城已逝旧光阴。
风情好似盘龙水^①，
旧地难觅旧佳人。

2024-04-19

注：

①盘龙江穿越昆明市

附元玉

抵昆明

又到春城已暮春，
西山哪似旧佳人。
落红无奈东流水，
老绿争肥难再新。

一白
2024-04-19

233

肉食主义者宣言

才子竞风流，
一醉解千愁。
已然居无竹，
岂可再贫肉。
落笔仿东坡，
朵颐效曹侯。
泼墨豪情在，
管它春与秋。

2024-02-16

思念

费城一日雨潇潇，
乡愁几缕锁眉梢。
情思恰似涨潮水，
一浪更比一浪高。

2024-03-23

思乡
——和一白先生

五月别故乡，
岂止夜风凉。
伊人又入梦，
费城碎月光。

2024-05-18

台州神仙居

云遮雾障天姥山，
莲花丛中有洞天。
休问菩萨今何居，
心中有佛即神仙。

2023-09-23

螳螂

——和一白先生《赠韩巍教授》

寒蝉无鸣盼春光，
黄雀觅食亦寻常。
寡欲君子难得见，
唯利小人皆螳螂。

2024-01-06

童年

——和关东儒生先生

窗前鸟语何足怪，
夜半星星撞入怀。
童年多有趣与乐，
儿时不晓雾和霾。

2024-04-25

附元玉

儿时

儿时常见星满天，
蛙语虫鸣伴窗前。
如今人在高楼上，
唯有明月照无眠。

注：小时候的夜晚，常常站在自家的房门前看北斗、数星
星。然而，不知从何时起，再也看不到儿时的星空。

关东儒生
2024-04-26

237

秃顶

白驹过隙写人生，
日暮不妨重晚晴。
诗仙何须悲白发，
秃顶倒映满天星。

2024-01-21

月半弯

屈指相识三百天，
犹记窗前月半弯。
而今痴情无处诉，
封存心底谢红颜。

2024-06-01

中秋

中秋明月夜，
千里寄相思。
三更惊回首，
风吹草萋萋。
本乃乌篷船，
何堪风浪急。
离人心中苦，
何日是归期。

2023-09-29

无题

一缕月光透进窗，
人间无语话凄凉。
红尘深处空兴叹，
早已不是少年郎。

2023-09-26

野花

甘宿山林伴暮春，
半掩芳容草为邻。
迎风盛开慰远客，
野花更懂异乡人。

2024-04-21

大雪
——闻北京大雪作

关山千里布阴云，
长城内外雪纷纷。
他乡客居赏绿色，
京华何时可迎春？

2023-12-15

枫叶

秋染枫叶片片丹，
敢与百花竞霜天。
纵有一日随风去，
幸遇慧眼识红颜。

2023-10-17

故园

兔隐龙腾甲辰年，
探亲休假美利坚。
莫问何方山水美，
祖国原来是故园。

2024-02-10

好时光

年过花甲勿惶惶，
书中自有日月长。
纵然腿脚稍迟钝，
吟诗却是好时光。

2024-05-31

庆祝外孙钧安一周岁生日

玉兔降世整一年，
龙腾虎跃福气添。
世上幼童千千万，
不及我家小钧安。

2024-02-18

离别

重逢美酒醉扶归，
离别又洒相思泪。
若问此情何相似，
京城拂晓雨霏霏。

2024-08-31

老年

——读《少年》有感

求索无须论短长，
白发皓首又何妨？
可慰此生非虚度，
当年亦是读书郎。

2024-05-07

附元玉

少年

谁家小姑娘，
归途亦在忙。
双膝为书桌，
车厢做课堂。
心中无旁骛，
专注答题上。
少年勤如此，
吾辈当自强。

关东儒生

2024-05-08

巨变

——写在经济管理学院建院四十周年之际

励精图治四十年，
自强不息代代传。
学科建设谋全局，
全球合作大发展。
改革开放立潮头，
博采众长续新篇。
凤凰涅槃不自满，
乘风破浪又扬帆。

2024-04-25

哄娃

外孙刚刚一岁大，
生龙活虎小娇娃。
好动好叫又好奇，
登高扒栏钻旮旯。
一会站立一会爬。
咿咿呀呀学说话。
常常抱起又放下，
哄娃胜过练瑜伽。

2023-03-21

莲花山

一座土丘映眼帘，
几株野草木棚边。
从来名头多谬误，
不见莲花不见山。

2023-12-13

情

恋情常比友情狂，
友情多比恋情长。
亲情恰似山泉水，
一年四季响叮当。

2024-02-14

甲辰春吟

哄娃无奈别故园，
离人更感倒春寒。
功名利禄皆放下，
唯有诗心不入眠。
锅碗瓢勺奏交响，
挥毫已是三更天。
一支笔筒装天下，
洒墨方觉苦作甜。

2024-02-11

白露

——和一白先生

花香落叶露满天，
暑往寒来本自然。
姑苏城内北来客，
无须醉酒对愁眠。

2023-09-08

附元玉

晓辞苏州

旅客行将辞吴馆，
青山秋色入倦眼。
早桂花开香半城，
枝头白露一点点。

一白
2023-09-08

起程

二零二三近尾声，
人间最重儿女情。
千山万水隔不断，
越洋访美又起程。

2023-12-30

清明

又是清明雨纷纷，
寸草怎报春晖恩？
父母生前多尽孝，
何须扫墓示后人。
纵有泪花穿厚土，
难却心头一片云。

2024-04-05

庆贺

家乡喜讯传，
娇娃一百天。
片语权作贺，
益寿又延年。

2024-01-24

情人节

钟情容易忘情难，
几多离愁几多烦。
休问相思有几许，
几多夜半不成眠。

2024-02-14

人间四月

几日烟云几日晴，
几多寂寥几多风。
人间四月桃花雨，
落红无情人有情。

2024-04-10

题记：

从2018年3月我的处女作《什么是祖国》在《诗刊》发表，到2023年10月成为中国作协会员，经历了近五年的时间。喜悦和兴奋自不待言，更自豪的是自己朝着诗人的梦想又前进了一步，特题此诗，以志纪念。

收获

少年梦想做诗人，
阴差阳错少缘分。
四十三年成陌路，
一遇机缘又还魂。
五载沉湎诗和韵，
挥毫不分晚与晨。
忽闻铃声传佳讯，
更觉收获赖耕耘。

2023-10-10

三角梅

琼浆可解身疲惫，
鹏城每每醉扶归。
莫道异乡为异客，
痴情只为三角梅。

2023-12-18

积石山

地震积石山，
风急天又寒。
灾临多方助，
夜半少人眠。

2023-12-19

佛家梦里来

——读《梦里见闻》有感

山门处处在，
洞天深如海。
好人怀善念，
佛家梦里来。

2023-10-19

附元玉

梦里见闻

石阶尽头处，
山门向云开。
古寺深如许，
殿阁次第栽。
客堂见方丈，
面熟似同侪。

问及佛家事，

却道上茶来。

注： 余生多梦，且许多梦醒来即忘，唯此梦境，始终历历在目。此处"上茶来"与赵州和尚的"吃茶去"似有异曲同工之妙。

关东儒生

2023-10-18

对酒当歌

——和关东儒生先生

挥毫方觉岁月忙，
对酒当歌好时光。
微醺最助人得意，
狂叟狂语狂诗章。

2024-02-29

附元玉

老来无事

老来无事自寻忙，
神交陶令咏辞章。
捻须偶成得意句，
小酒满斟独自狂。

关东儒生
2024-02-29

书摊

——和关东儒生先生

图文尽在掌中藏，
书摊难见读书郎。
阿婆早知人行少，
书屋檐下好乘凉。

2024-07-03

附元玉

书摊题照

无问世间热与凉，
总有好书如痴郎。
淘客前来觅知己，
阿婆坐此为哪桩？

时光

——和关东儒生先生

年少读书曾勤奋，
老来更惜寸光阴。
岁月无情催白发，
时光不问是何人。

2024-01-04

忘年交

教学相长思与勤，
忘年之交敬和亲。
从来书生多谨慎，
无端错失好缘分。

2024-04-23

吟咏

人生本虚幻，
天命知何难？
腹中藏万卷，
吟咏乃自然。

2024-03-24

无题

——国际妇女节有感于城市离婚率上升

年少相识不相知，
花甲知人少相识。
世间几多荒唐事，
钟情常常非是妻。

2024-03-08

人间四月

——和张军教授

四月多春意，
雅趣常相宜。
伊人拈花乐，
远客竟自迷。

2024-04-18

附元玉

无题

小园春色起，
芳菲各色奇。
闲来拈花笑，
不觉已忘时。

张军
2024-04-19

唯有相思折磨人

岁月如烟亦似云，
磕磕绊绊度光阴。
功名利禄身外物，
唯有相思折磨人。

2024-04-20

风细柳斜斜

抬头上弦月，
烟雨一条街。
只因佳人过，
风细柳斜斜。

2024-01-10

褪去残妆看新红

——题张军组照

彩云掀起连天涌，
夜深不妨暗香重。
莫叹冬寒花无助，
褪去残妆看新红。

2024-01-29

一张会员证

一张作协会员证，
巧辩墨客真假情。
朋友圈内人喧闹，
诗社群里静无声。

2024-01-28

我亦少年郎

——题张军花卉照

榆叶梅飘香，
垂丝吊海棠。
杜鹃花常在，
我亦少年郎。

2024-03-16

哄外孙

远涉大洋哄外孙，
勤勉操劳更上心。
双手托起千金重，
慰藉祖孙三代人。

2024-04-16

赠蕴德律所

公平挂心上，
正义有担当。
循法安天下，
蕴德惠四方。

2023-09-01

墨宝留下四季香
——赞关东儒生先生

春日播种秋收粮，
老骥伏枥亦寻常。
鬓霜不妨又日新，
墨宝留下四季香。

2023-10-08

沽美酒·秋日清华园

雨后艳阳天，
晴空好个蓝，
绿草如茵清华园。
逝水流年，
情绵绵思绵绵。

2024-08-12

沽美酒 · 离愁

一牵红酥手，
梦幻十八秋，
南来北往尽风流。
十年离愁，
情悠悠思悠悠。

2024-06-06

沽美酒·黔之缘

难忘黔之游，
酒醉甲秀楼，
步下石阶手挽手。
湘水悠悠，
红颜几度离愁。

2024-06-07

点绛唇·秋思

　　夕阳西下，抬眼望几片云霞。蝉声阵阵。有水未闻蛙。

　　独倚栏杆，目睹几只鸭。人不见。浮云倒影，更忆好年华。

2024-08-09

江城子·山东行

——写在7611班老同学山东行前夕

芳华岁月巧相逢，南湖月，分外明。以勤补拙，夜半读书声。猜拳行令常喝醉，杯中酒，同学情。

银发皓首同聚庆，夕阳红，重晚晴。人生苦短，携手又一程。莫道此番君不见，梦中伴，山东行。

2024-05-19

江城子·岁月吟

　　得意最是少年郎，小西装，正风光。大江南北，无处少娇娘。拙作亦有签名客，留倩影，讲台旁。

　　韶华易逝本寻常，心依样，鬓却霜。红颜早别，与谁话凄凉？宽怀放下陈年事，吐文字，解愁肠。

2024-08-05

菩萨蛮·癸卯回眸

　　杜鹃喜报丰收早，酌酒赏月乐陶陶。忘情谈笑间，夜半不成眠。

　　宠爱女儿娇，山青人未老。独立自清高，此处花枝俏。

2023-12-30

青玉案·岁末感怀

三十年履清华路，紫荆花，梧桐树。莺歌燕舞四季妩。莘莘学子，探寻真知，求索不止步。

莫叹青春非吾属，桑榆非晚乐自助，晚晴风歇情何诉？不堪回首，几多迷惑，在红尘深处。

2023-12-29

鹊桥仙·七夕感怀

沧海桑田，人心不古，几多陈仓暗度。翻云覆雨本无常，更觊觎高官厚禄。

红男绿女，曲意逢迎，只叹三观陌路。两情难得长相悦，尽都是朝秦暮楚。

2024-08-10

十六字令·故乡行

幸，沧海桑田数小城。
又相逢，浓浓同学情。

2024−08−31

十六字令·梦

梦，悟道玄妙又空灵。
醒来迟，世事最无情。

2024−01−17

十六字令·年糕

——致冯文奎

糕，几许金黄几许俏。
红小豆，多情添味道。

2024-01-16

十六字令·宁陵行

幸，小坐赏花又品茗。
又相逢，儿女几多情。

2024-08-14

十六字令·情

情，深沉最是耳边声。
俘魂魄，却又说不明。

2024-01-17